# 新猴王

作者◎陳正治

繪圖◎蔡嘉驊

推薦序◎林文寶（台東大學榮譽教授）

# 動人的故事和會說故事的人

故事如人，動人的故事，必定出自一個會說故事的人。至於這個人，隨著年齡的不同，個性的差異，經歷的豐窳，都影響著故事的滋味。

沒想到，正治兄退休之後，仍然無法忘懷孩子，重新拿起筆來，為他們寫下一則則動人的故事。成熟筆墨和不可取代的豐富經歷，都使得故事悅耳動聽；這是多少日子眼眸的四季，與多少日子耳畔的哭笑，累積而成。這些歲月滋味，透過筆墨，慢慢的，輕輕的，為孩子寫下這溫暖動人的故事，實在是孩子的福祉。

相信每個人寫作都有原因。小學生寫作，是為了練習語言的使用，等到年紀大了些，寫作變成一種工具，是為了表達自己內心的想法渴望；老了寫作，是為了紀錄，留下自己生命過程當中點滴見證，也提供給後輩一些生活態度。

正治兄是後者。他曾經當過小學老師，後來成為大學教授，無論對於兒童文學的教學經驗，或者文史理論，駕輕就熟。累積這麼多的材料，又精熟各方技法，火侯調配已經不成問題，退休沒了後顧之憂，為孩子寫故事，正是時候。

《新猴王》是由一篇篇的小故事串成，每則都蘊藏課題，新猴王如何運用智慧，幫助猴群解決問題，度過難關。這是這些故事好看之處。正治兄選擇把多年所得的智慧，逐一展開在這些故事之中，裡面有著擔心，有著呵護，有著指教，有著正治

兄對於人生的態度與精神。

從故事當中，可以發現作者的溫暖。例如有一篇透過新猴王聰聰的口中，苦口婆心的鼓勵運動的重要，鼓吹「全民健康基本功」：揉揉鼻子，搓搓耳朵，摸摸臉龐，梳梳頭。揉揉肚子，提提肛門，轉轉眼睛，踢踢雙腳身體好。這是作者把每個讀者都當作自己的孩子，擔心他們健康，擔心他們幸福的叮嚀。

相較於《西遊記》中的猴王孫悟空，《新猴王》的猴王聰聰，少了輕浮與惡作劇，反而多了睿智與穩重，這可能與正治兄的個性有關。每當遇到難關，透過聰聰對於事情的理解與剖析，總是能找到問題的癥結。告訴讀者，天下沒有無法解決的困難，只要靜心下來透徹問題，就能找到問題的答案。

這些故事，也讓我發覺，雖然已經是頭髮花白的他，竟然如此童心未泯。透過故事，我品嘗到童心的鮮活滋味，和一股歲月的餘味。

# 哪兒還有猴王的故事

自序◎陳正治

我讀國小四年級（民國四十三年）的時候，接觸到專供兒童閱讀，每月出版一期的《學友》雜誌。這雜誌是由彭震球教授和王詩琅名作家主編的綜合性月刊。三十二開本，每一期約二百頁，內容有連載小說、童話、漫畫、人物傳記、科學知識、時事等等。當時我拿到這本雜誌，最急著翻看的是陳定國先生的長篇連載漫畫《西遊記》。

《西遊記》裡最吸引人注意的就是孫悟空。從孫悟空的出生到當了花果山水濂洞的猴王，接著到海外求神仙學到七十二變，然後大鬧龍宮、閻羅殿、天宮，表現了他有才氣卻桀驁不馴的特性。後來被如來佛壓在五行山靜養五百年，悟出做

「人」的道理。他改邪歸正，保護唐三藏到西天取經，一路大戰牛魔王、金角、銀角大王、蜘蛛精等等，歷經八十一難，終於完成取經任務，獲得正果。這些曲折、神幻的故事，風靡了當時我們這些兒童。我常想：哪兒還有猴王的故事可看呢？

我十八歲從新竹師範畢業後到國小當老師。由於教學的需要，除了講故事給學生聽，大力推介兒童讀物外，我也投入兒童文學的創作，陸續寫了一些童話、故事給兒童看。在這些童話、故事中，我常以猴子為主角。這除了因為從小喜愛孫悟空的角色外，也因為猴子像人一樣的聰明。當時我想，我是否也可以寫一篇像《西遊記》中猴王孫悟空的迷人故事，讓兒童愛不釋手呢？

後來我離開小學到大學任教。任教期間，為了教學和升等，幾乎都忙著讀書和撰寫論文，沒有多少時間兼顧創作。近幾年退休了，終於比較有時間從事創作，於是開始撰寫新猴王故事。

每個時代有每個時代的文學思潮。去年六月我開始構思猴王故事，我不想把猴王寫成變化多端、神通廣大的神話性人物，因為兒童已有《西遊記》可以看了；我把猴王安排在現代的社會裡，拋棄以武力搶奪國王寶座的傳統，盡情的讓他發揮智慧，獲得群猴擁戴成為猴王，讓群猴過著安樂的生活。希望新的猴王故事，除了有趣、吸引人外，還具有現代社會的特色，屬於現代的童話。

全篇的寫作，像《西遊記》的結構一樣，採用「包孕法」，大故事中包小故事。大故事中，安排富有智慧的猴子聽聽被推為新猴王，群猴給他一年的考驗時間；小故事裡，安排各種問題，看他如何帶領大家度過這些難關。在故事中，雖然刻畫的是猴王的機智、民主素養和愛民如子的個性，但是肯深入思考的孩子，還可以發現故事中隱藏了許多對孩子們有益的寶。

謝謝幼獅的劉淑華總編輯、林泊瑜主編及其他工作先生、小姐為本書的誕生付出的精力和時間，也謝謝為本書精心插畫的蔡嘉驊先生，更謝謝台東大學兒童文學研究所的好友林文寶教授的賜序鼓勵。

# 目錄

# 聽聽的發現

在遙遠的地方，有一條天泉河。這條河流的水，大多是遙遠的雪山山脈溶化下來的冰水，因此，水質清澈、甜美。河流穿過一座大森林，使得森林裡的動物，都喜歡來這條河流喝水和生活。自自然然的，在這條河的附近，形成了好幾個動物村。猴子村就是其中的一個動物村，住了東西南北四個大區的獼猴。

聽聽是猴子村中的一隻獼猴。他對任何事都很好奇，也有許多好點子。

有一天，他在猴子村山腰的偏僻處，發現了一棵桃樹，桃樹上結了好幾顆小桃子。

「這兒怎麼會有桃樹呢？」聰聰望著桃樹發愣。

「是天神派人來種給我們吃的嗎？」想到天神，聰聰連忙趴在地上向天空拜了幾拜。

「天神啊，您送給我們一棵桃子樹，可不可以也送給我們香蕉和龍眼樹？

聰聰一連向天空叩拜了一個多星期，但是天神好像沒聽進去，並沒有再賜給他其他兩種果樹。

這些天來，聰聰一直坐在桃樹旁邊想：為什麼天神送給我們桃樹，不送給我們香蕉和龍眼樹呢？想著想著，看到好朋友雄雄正拿著一顆大桃子吃。

「雄雄，你怎麼有那麼大的桃子吃呢？」聰聰問。

「我在對面的山裡發現一顆大桃子，就把它摘回來。」雄雄邊吃邊說，吃完桃子後，把桃核丟在地上。

聽聽看了，頭腦一轉，把這顆桃核撿起來，埋在桃樹的附近土裡。他每天都去埋桃核的地方看看。過了一些天，說也奇怪，聽聽發現埋桃核的地方，竟然冒出一株嫩苗來。又過些天，嫩苗變大了，竟然是一株小桃樹。

聽聽每天小心的呵護這株桃樹，深怕被別的動物踩壞或折斷。過了一年多，這株桃樹居然也結了桃子。

聽聽發現了種桃樹的祕密後，到有龍眼樹的地方，摘了一串成熟的龍眼回到猴子村。他吃完了龍眼後，把龍眼種子埋在山腰下。接著他約了幾個好朋友到附近山頭尋找香蕉樹的幼苗，種在猴子村裡。就這樣猴子村裡有桃子、龍眼、香蕉可以吃了。

# 水災

八月八日那天，猴子村的天空又是閃電，又是傾盆大雨。黃濁濁的山水，像幾百條黃龍一樣滾滾的撲向山谷裡去。黃龍夾帶著土石，發出轟隆轟隆的可怕叫聲。接近山谷的斜坡，被雨水沖刷得鬆軟了，大片土石滑下山谷裡。山谷裡的水排不掉了，直往山腰湧上來。

「大水來了，大水來了，大家快跑哇！」一隻名叫大聲公的猴子驚慌的叫著。

住在山下的成年猴子，有的背著小猴子，有的扶著老猴子，紛紛的往山腰上爬。有些爬得慢的猴子，被湧上來的水捲走了。

「快爬到山腰的大樹上躲避。」年老的猴王大聲的叫著。

「報告猴王，雨愈來愈大，也許大水會湧到山腰。我們是不是應該到山頂上躲避洪水？」聽聽說。

「好，你帶領大家趕快到山頂上去躲水災。」

聽聽趕忙來回不停的帶著好幾群猴子上山。這一夜的雨好恐怖。雨大得像尼加拉的瀑布傾瀉下來一樣。第二天，天亮後，雨還是沒停，住在山下天泉河附近來不及逃難的好多動物，都不見了蹤影。猴子村有些沒爬到山頂上躲避洪水的猴子，也被水沖走了。爬到山頂上躲雨的猴子都很安全。大家都說，這是聽聽的功勞。

兩天後水退了，太陽出來了。猴子村的猴子們才回到山腳下或山腰裡的家園。

# 新猴王

猴子村的猴王名叫赫赫。洪水過後，赫赫猴王召集所有猴子說話。

「各位親愛的鄉親父老兄弟姊妹們，水災後，看到你們都還健健康康的活著，我好高興。當然這要謝謝聽聽提出到山頂躲避的意見。我的年紀大了，體力、腦力都不能勝任猴王的工作。我希望我們猴子村有新的猴王。找出一位年輕、能幹、

有遠見、公正的新猴王來領導大家。不知大家意見怎麼樣？」

赫赫猴王說完後，群猴你看我，我看你，不知道要怎麼辦才好。因為赫赫猴王做得很好，村裡大大小小的爭端，他都有辦法擺平。現在猴王老了想退休，大家也不敢再勉強他服務。但是，要推選誰呢？大家一時也想不出哪一位來當猴王較好。

「報告猴王，您做得很順手，還是請您繼續領導我們吧！」好多猴子都這樣的請求。

赫赫猴王說：「謝謝各位的愛戴。不過，我雖然不當猴王了，如果新的猴王需要我，我也可以當個顧問。」

「那麼我們是不是要按照傳統，想當猴王的就出來挑戰老猴王嗎？」一隻叫大力士的猴子問。

「以前都是靠武力強弱決定誰是猴王。從現在起，我們應該選頭腦精明、富有遠見、處事公正的猴子來當猴王。一任猴王當四年，可以連選得連任。」猴王赫赫說。

「萬一我們推選的新猴王，並不精明、也不公正，怎麼辦？」大力士又問。

「那就先請他當一年看看。如果他擔任一年後，大家覺得他不是理想的猴王，可以改請另一位當猴王啊！」猴王回答。

大家聽了赫赫猴王的話，覺得有道理，於是個個歡天喜地的要推選新猴王。

「我推薦長手猴欣欣。他的手很長，很會爬樹，做事一定很勤快。」

「我推薦大腳猴鴨鴨。他走得很快，很會跳躍，一定很會做事。」

「我推薦聰聰，他的頭腦靈敏。這次水災如果沒有他帶我們到山頂上躲避，可能我們會失去更多的猴民。」

「我也推薦聰聰。有一次夏天的午後，烏雲密布，又是閃電，又是打雷，眼看就要下一場大雨。好多猴子為了躲雨，就爬到一棵高聳入雲的大樹上。聰聰勸他們趕快離開，告訴他們，雷雨前，躲在大樹上最危險。大部分的猴子聽了聰聰的建議後，趕忙離開。後來閃電劈在大樹上，大樹燒起來了。兩隻沒離開的猴子，便被電死。聰聰好像神一樣，知道許多我們不知道的事。請他當新猴王應該很合適。」

關心推薦新猴王的猴子，紛紛推出候選員。

「還有誰要推薦其他候選員擔任猴王？」

赫赫猴王再問大家後，沒有其他猴子再推薦，於是赫赫猴王請大家從這幾位候選的名單中，選出新猴王。結果聰聰獲得最多票，當選了新猴王。

# 蚊子的作怪

聽聽坐上新猴王寶座後，首先處理水災後的家園。他率領大家把倒下去的樹木扶起來，然後清掃各個被水淹過的岩洞。另外還請大家在其他地方摘到桃子、李子、龍眼、番石榴等水果，吃完後一定要把種子埋在猴子村裡，將來大家才有水果吃。

聽聽處理了這些事後，一隻猴媽媽抱著一隻小猴子來找新猴王。「報告猴王，最近我們森林裡有好多蚊子。整天晚上嗡嗡嗡的，叮得我們都不能安心睡覺。我們躲在岩洞裡，也沒有用。你看看我孩子的臉。」

聽聽看到小猴子的臉，布滿密密麻麻像紅豆般大小的痘痘。

「我也感覺這些天來，蚊子好多。我們身上有毛，蚊子不好叮，但是臉孔毛少，卻常被蚊子叮。我為了不讓蚊子叮，每天晚上睡覺的時候，在臉上蓋些草，不讓蚊子碰到臉。你們是不是也可以這樣做？」聰聰說。

第二天清早，昨天來的猴媽媽又來了。

「報告猴王，昨天晚上我們依照您的教導，把草蓋在小猴子的臉上。剛開始還不錯，但是臉上蓋著草，很不舒服，一到半夜，孩子就把草撥掉。結果臉上又被蚊子咬成紅豆冰了。」

聰聰請教赫赫猴王。赫赫猴王提出發動全體猴子打蚊子運動。

聰聰要所有猴子當天晚上合力拍打蚊子。整個晚上，大家用手或用樹枝打蚊子。

蚊子怕被打，飛得高高的，等到猴子們打累了，瞇起眼睛，他們又來突襲猴子的臉。

第二天，好多猴子的臉上，又布滿小紅痘痘。

聰聰想到一個辦法，就是破壞蚊子的家，徹底解決蚊子。他下令猴子們，盡量弄乾森林中的小水窪，不讓蚊子在水窪裡下蛋，長出孑孓變成蚊子。

這個辦法雖然很好，但是由於森林位在天泉河邊，河邊有許多小沼澤，蚊子不愁沒地方下蛋，因此蚊子還是沒有斷絕。

一天晚上，聰聰為了沒法子解決蚊子的迫害而睡不著。他漫步到了森林中的一塊空地上。嗡嗡嗡的蚊子聲，還是在他的周圍叫個不停。

「怎樣趕走蚊子呢？」聰聰一直想著這個問題。

忽然天空飛來一隻小動物，迅速的吃掉在天空飛舞的好幾隻蚊子。

聰聰仔細看這隻小動物，張著兩隻翅膀，全身扁扁的，臉也扁扁的。鼻子和嘴，有點兒像老鼠的樣子，耳朵像牛耳般豎起，毛皮上有點點白霜。

「請問你是什麼動物呢？」聽聽問著。

「我叫霜毛蝠。我們喜歡住在寒溫帶的森林裡，現在搬到寶島來，最愛吃蚊子。」

「愛吃蚊子，太好了。請問你們，一晚可以吃掉多少隻蚊子？」

「如果蚊子多的話，我們每隻霜毛蝠，一晚可以吃掉五千隻蚊子。」

「哇！真好真好！那麼可不可以

請你們住在這兒，天天都在這兒吃蚊子呢？」

「住在你們這兒？好像很難呦！」

「為什麼？」

「所有的蝙蝠都怕光，因此白天我們都躲在岩洞裡或屋簷裡，等到天黑了才出來吃蚊子。」

「我們這兒也有岩洞供你們住啊！」

「你們這兒森林中的岩洞，被許多

猴子占據了，我們沒地方住。另外，有些猴子，肚子餓的時候，還會利用我們白天睡覺的時候捉我們去吃。要我們搬來住在這裡，幫你們除去蚊子，那是一件不容易的事。」

「我是這兒的新猴王，我會命令岩洞裡的猴子們搬離岩洞，住在大樹上。拜託拜託，請你一定要邀請你們的兄弟姊妹和親戚朋友們來這兒住，幫我們除去蚊子好嗎？」

霜毛蝠一邊捕捉蚊子，一邊想著這問題，並沒有馬上答應。

「霜毛蝠先生，請你一定要幫忙。我們這兒的小猴子，每天都被叮得滿臉紅痘痘。請你救救他們吧。」

「好，既然這兒食物這麼多，而且也有岩洞休息，我就回去勸勸我們親友，搬到這兒住。」

聰聰聽到霜毛蝠答應了，高興得趕忙把這個好消息告訴猴子村的全

體猴子。

第二天，他貼出了一個布告：「歡迎霜毛蝠光臨猴子村。」

也下了一個命令：「禁止猴子們進入岩洞干擾霜毛蝠。」

霜毛蝠親友有好幾百隻，他們住進了猴子村的岩洞後，猴子村的大小猴子都可以安心的睡覺，不再怕蚊子騷擾了。

霜毛蝠除了在猴子村吃蚊子外，也以猴子村為根據地，飛到其他動物村去吃蚊子。

除了蚊子外，大家都歡迎霜毛蝠。

# 中毒

霜毛蝠進駐快樂村以後，樹林裡的蚊子變少了。但是蚊子也有應變的方法，他們不敢高飛，而是採用接近地面的方式，低低飛翔。

住在山腳下沼澤旁的蟾蜍，為了要吃蚊子，紛紛往樹林裡遷移。樣子像青蛙的蟾蜍，體型比青蛙大好多。眼睛大大的，全身布滿一顆顆凸起的疣，像個披了戰甲的怪物。

猴子們在樹林裡除了吃果實、樹葉外，也喜歡吃炸猛、蟬等小動物。有的猴子還會到山下沼澤地去捉青蛙來吃。青蛙的肉很好吃，但是常躲到水裡，不好捉。

有一天，一隻名叫空空的猴子，他到沼澤旁抓到一隻青蛙吃後，覺得味道好鮮美，可惜青蛙體型小，吃得不過癮。

「為什麼我們這兒看不到體型好大的牛蛙呢？假使能吃到牛蛙，那該多好？」空空這樣想著。

空空在沼澤附近徘徊，但是沒找到牛蛙，只好往山腳、山腰找。

「哇！這隻是不是大牛蛙呢？」空空看到了一隻好大好大，樣子像青蛙的小怪物在地上跳。

愛吃青蛙肉的空空，趕忙跳上前去，兩隻手急忙的壓住他。

「牛蛙，我終於抓到你了！」空空說。

「我是蟾蜍不是牛蛙。我身上有毒，你吃了會中毒！」

空空聽了這小怪物的話，仔細的瞧他，只見樣子雖然像青蛙，大眼睛、四條腿，皮膚溼滑，但是皮膚上有肉瘤，看來好噁心。

「不要恐嚇我。你一定是牛蛙，為了怕我吃掉你，故意說是蟾蜍。不管你是牛蛙或蟾蜍，我今天一定要嘗嘗青蛙肉的美味！」

小怪物一聽到空空的話，急得耳下和皮膚上的肉瘤冒出了白汁來。

空空抓起小怪物，只見小怪物身上有許多白汁。他舔了舔這些白汁，覺得苦苦的、澀澀的，不是美味，就把小怪物丟在地上。

空空嘗過蟾蜍身上的白汁後，肚子有點不舒服，頭也有點昏眩。他一步一步的往山上爬，想回自己的家休息。他來到猴子村，看到村裡的其他猴子後，精神一鬆懈，昏倒在地上了。

空空被抬到聰聰住的大榕樹下。聰聰看了看空空，面孔青白，口吐白沫，眼睛緊閉著，好像快不行了。

聰聰一時找不到水，就連忙掰開空空的嘴，接著對準空空的嘴，灑了一泡尿，又叫別的猴子也照這樣做。然後壓壓空空的肚子，讓肚子裡的尿吐出來。

空空的眼睛睜開了，但是全身無力，沒法子站起來。

「快，我們把他抬到山下的沼澤邊或天泉河去灌水。」

聰聰一說，一群猴子飛快的抬起空空直向山下有水的地方去。猴王叫大家捧水往空空嘴裡灌，然後把水壓出來。這樣來回幾次後，空空居然好多了，可以自己爬起來。

「請問猴王，我們為什麼要把水灌到空空的肚子裡去呢？」一隻叫奇奇的猴子問。

「這就是洗胃。把他吃下的毒液逼出來。」

聽聽又說：「他的毒液可能有一些已經到血液裡去了，我們快找解毒的藥草給他吃。大家趕快去找解毒藥來。」

解毒藥草找了好久才找到。空空吃了解毒藥後，終於恢復了健康。

「謝謝猴王，謝謝大家。我的命都靠你們救起來的。」

聽聽問空空中毒的經過情形後說：「蟾蜍會吃蚊子，是我們的好朋友。我們要愛護他們，不可以吃他們。何況他皮膚有毒，吃了會讓我們中毒，不可以吃。」

猴王的命令發布後，猴子們再也不敢吃蟾蜍了。

# 醫院

自從空空中毒，聰聰要大家找解毒藥草，找了很久才找到後，聰聰想到了一件事：「如果以後猴民中毒、摔傷或害病，臨時找不到治療的藥，這不是很麻煩嗎？要怎麼處理這件事呢？」

聰聰想到這兒，急忙召集有見識的猴子來開會。

「各位父老兄弟姊妹們：我們猴子對各種病，都有解決的辦法。例如受傷流血，會找金狗毛來止血；感冒了，會找雞屎藤熬來喝。可是，常常臨時找不到要用的藥材，使病患增長了痛苦。請問各位，有什麼辦法來儲藏藥材呢？」聰聰提出了困擾的問題來。

「每次我家人拉肚子或消化不良的時候，我就去找我的好朋友高高要些藥材。我覺得高高好像人類的扁鵲或華佗醫師一樣。我建議請高高帶我們到各處找找藥材，然後把它儲存在岩洞裡，讓我們隨時都有藥材用。」一隻叫智多的猴子說。

「這個意見很好。各位父老兄弟姊妹們，還有其他高見嗎？」聰聰說。

聰聰看看沒有其他的猴子提出辦法，就採用了智多的意見去做。

高高帶著好多隻猴子去找藥材。藥材收集回來後，經過晒乾的處理，然後分類擺在岩洞裡。

聰聰想到藥材管理的事。

「高高懂得好多藥材的知識，如果請他來管理這些藥材，那多好？」

聰聰找來高高，跟他談起管理藥材的事，高高很高興的答應了。從此以後，猴子生病了，就找高高拿藥，高高也都能勝任。

聽聽又找高高來談話。聽聽說：「生什麼病，用什麼藥，並不是大家都懂，幸而你都能告訴病患。我想，我們猴子村是不是可以成立一間醫院，不但儲存藥材，也為病患看病？」

「報告猴王，您的想法真好。不過，這要許多幫手才能勝任。」高高說。

「高高，可不可以請你來當院長，籌畫成立醫院，並找些頭腦清楚、做事敏捷、富有愛心的猴子，培養他們成為醫師？」

「好哇。有機會發揮我的專長為大家服務，這是我的光榮。」高高說。

聽聽聽了，高興的說：「謝謝你的同意。那麼我們就來籌畫一間醫院，解決病患的痛苦。」

　　高高院長找了一個較大的岩洞當醫院。醫院裡有藥材儲存室，也有治療室和加護病房。醫院成立半年，猴子村的病患都得到很好的治療，大家對聰聰猴王和高高院長都很感恩。

　　加護病房有六個床鋪，供病重的病患接受治療。躺在加護病床的病患，幾乎都衰弱得沒體力翻身，因此需要護理師整天二十四小時的照顧。

　　有一天，高高院長對猴王說：「報告猴王，最近醫院的加護病房發生了大怪事。凡是躺在第四床的病患，都會死，而且死的形狀很恐怖：眼睛睜得大大的，嘴巴張得開開的，臉上滿是驚嚇過度的表情。這種現象，既不是中毒，也不是吃藥的後遺症。我們這群醫生都沒辦法查出他們的死因。很多病患的家屬都說「四號」病床犯沖，因此拒絕讓病患躺在那張床上。請問怎麼辦？」

「四號病床的病患死的時候都發生在白天或晚上？」猴王問。

「都在深夜。」高高說。

聽聽想了一想說：「深夜裡有沒有發現其他的動物進入加護病房裡呢？」

「除了我們的工作伙伴外，沒發現其他的動物進來。有些病患的家屬說，會不會是妖魔鬼怪入侵？他們要我們做法會，趕走這些鬼怪。我們曾做過兩次驅魔會，以安定病患家屬，但是也沒效果。」

「如果不要讓病患躺在四號床上行嗎？」

「醫院的病患多，病床少，每張病房都要利用到。」院長說。

「好，今晚我躲在離加護病房第四張床的附近，看看有什麼妖魔鬼怪在作怪。但是你不要告訴醫院的工作伙伴。」

聽聽躲在加護病房裡暗中觀察。高高院長也不時的過來巡邏。這一個晚上，四號床的病患並沒有發生意外。

「會不會是猴王的威力，使傷害四號病患的妖魔鬼怪不敢出現呢？」高高院長心裡這樣想著。

高高院長仍常在晚上巡視加護病房，醫生和護理師也特別注意四號病床的病患。一連四天，加護病房沒發生什麼意外。

幾天的平安後，院長和醫師、護理師們都安心了，就減少加班巡視。

聰聰雖然很高興四號病床的病患不再猝死，但是因為還沒找到前幾個病患猝死的原因，因此仍然一到晚上，就躲在加護病床附近觀察。

第六天的晚上，聰聰發現睡在四號病床的病患突然急速的喘著氣，不一會兒就停止了呼吸。

聰聰猴王沒發現有什麼動物靠近，但是病患卻死了。

「難道真的有妖魔鬼怪作祟嗎？」聽聽想到這兒，頓時感覺有一股涼意爬上了身。

聽聽趕忙找高高院長來。

高高院長看了看病患說：「這次死亡的病患，跟以前的四號病患不同。以前的是死前掙扎、面露驚慌。這次的病患面呈安詳，好像器官衰竭，自然死亡。」

不管什麼原因，所有病患的家屬都恐慌起來，都不讓病患躺在四號病床上。

聽聽想到一個方法，暗中對高高院長說：「今天晚上我來當病患，躺在四號病床，看看有什麼現象。你要保密，不要讓其他伙伴知道。」

聽聽把自己裝成病患一樣，病奄奄的躺在四號床上。他雖然裝病，但是眼睛犀利的注意走進病床的動物，耳朵也注意病房傳來的聲音。護理師們每隔兩小時就查察病患，並為病患翻身。整個晚上，聰聰總覺得有個黑影子慢慢要靠近四號病床，但是高高院長或護理師一出來巡視，黑影就不見。

第二天天亮，聰聰對高高院長說：「今天晚上你不要來巡視，讓我直接面對妖魔鬼怪吧！」

這天晚上，聰聰又裝病患躺在四號病床上。上半夜，靜得很，聰聰守候得快要瞇上眼睛。

「不能睡，不能睡。」聰聰自言自語的提醒自己。他擰著自己的腿，一陣劇痛，果然精神好起來。這時候發覺有黑影偷偷摸摸的爬進加護病房裡。

聰聰一驚，馬上把睡蟲趕走。他專心注意著黑影的行蹤。黑影躡手躡腳的爬向病床來，經過一號、二號、三號病床，然後向四號病床靠近。接著黑影摸上四號病床，趴上聽聽的身上，兩隻手出力的摀著聽聽的鼻子和嘴，不讓聽聽呼吸，另兩隻腳壓在聽聽的腳上，不讓聽聽掙扎。

聽聽知道為什麼以往四號病床的病人猝死的原因後，一個急速翻身，把黑影摜落病床，然後反壓住黑影。

「護理師，趕快來，我抓到壞蛋了！」聽聽叫著。

值班的兩個護理師來了，大家把黑黑的壞蛋綁了起來。仔細一看，竟然是醫院裡的清掃員阿蠻。

「阿蠻，你為什麼半夜來加護病房掐病患呢？」高高院長也來了，他問著被綁起來的阿蠻。

阿蠻悶聲不回答。

高高院長將阿蠻帶到治療室去詢問，問了半天，阿蠻還是不說原因。

聽聽找來了阿蠻的爸爸和媽媽，詢問阿蠻為什麼要把病患悶死？

阿蠻的媽媽說：「我女兒從醫院做完清潔工作後回家，常常說要『替天行道』。怎樣『替天行道』，我們也不知道。她的頭腦可能有問題，我們也沒辦法。」

聽聽猴王問說：「阿蠻，你搗死了四號病床的好幾位病患，就是

『替天行道』嗎？」

阿蠻點點頭。

「為什麼搗死他們是『替天行道』？」聽聽又問。

阿蠻說：「他睡在四號病床上，上天就是要他死。」

「為什麼你說上天要他死呢？」聽聽問。

「『四』的發音，不就是『死』嗎？」阿蠻回答。

聽聽知道了，原來這個殺病患的凶手，竟然是精神有問題的猴子。

聽聽找幾位元老級的猴子商量處理這件事，大家決議把阿蠻趕出猴子村，永遠不讓她回到村子裡來。

案情水落石出了，原來是諧音的迷信害人的。從此大家再也不相信「四」是不吉祥的數字了。

# 護理師

一天，高高院長對猴王說：「最近我醫院的護理師，工作得很辛苦，有一位叫馨馨的護理師一直想辭職。我們好不容易訓練了幾位護理師，現在醫院工作很忙，一位都不能讓她辭職。不知猴王有什麼方法留住她？」

「我先來跟她談談。」聽聽說。

聽聽到醫院找這位名叫馨馨的護理師談話：「馨馨，你為什麼要辭職呢？」

「報告猴王，最近醫院的事情好多。我們除了照顧病患以外，還要應付病患家屬的無理取鬧。另外，還有一些醉鬼，居然到醫院來發酒瘋，要我們給蜂蜜水解酒。我們慢一點給他，他就敲打東西或罵些難聽的話。我一直忍耐著他們不禮貌的行為，但是現在已經筋疲力竭做不下去了，只好提出辭呈。」馨馨委屈的說。

「病患家屬怎樣無理取鬧呢？」

「他們一把病患送來醫院後，就纏著我們要整天照顧他的家人。我們去照顧別的病患，他就罵我們。」馨馨的眼眶泛著淚水說。

「醉鬼又是怎麼回事？」聰聰又問。

「三五隻猴子不知到哪裡喝酒，醉醺醺的被送到醫院來要求解酒。我們的蜂蜜用完了，不能再泡蜂蜜水給他們解酒，他們就開始罵我們。」

聰聰聽後停了一會兒說：「馨馨，你遇到這些不講理的家屬或醉鬼騷擾時，怎麼處理呢？」

「每當我跟病患家屬或醉鬼發生爭執挨了罵，就在本子上畫了一個哭臉，表示難過，但要忍耐。幾個月來，本子上的哭臉累積好多。我每天除了背負挨罵的痛苦外，還背負了愈來愈多的哭臉重量。我已經背負得快生憂鬱病了，因此想辭職。」

聰聰聽了說：「馨馨，你暫時不要辭職，我來處理病患家屬的無理取鬧和醉鬼騷擾的問題。另外，我可不可以建議你，把原先畫哭臉的本子丟掉，換一本新的，然後將每一頁分成左右兩邊。工作時遇到存心找碴的「刁民」，就在左邊畫一個哭臉；若是遇到「良民」，就把哭臉槓掉，沒有「哭臉」可以槓掉時便在右邊畫一個笑臉。一個星期統計一次，看看是哭臉較多，還是笑臉較多？」

「好，我試試猴王的交代。」

聽聽跟護理師馨馨談完後，去找高高院長。他對院長說：「家屬看到病患受苦急著找醫師或護理師治療，這是我們可以理解的。我們只有一間「治療室」，是不是不夠用？如果增加一間「急診室」，讓緊急的病患得到及時治療，病患家屬大概就比較不會亂罵了！」

高高院長說：「這是一個好辦法，但我們可要多培育醫師和護理師了。」

「那就麻煩你了。另外，我們猴子村又沒有賣酒，為什麼有酒醉的猴子來鬧事呢？」聽聽又問。

「會不會是他們溜到平地去，到兩隻腳走路的人家去偷酒喝，或偷酒回來喝？」高高院長說。

「我們猴子村離人住的地方太遠了，應該不可能偷喝人類的酒。好，我來處理這些酒鬼的事，你以後發現有酒鬼來醫院要蜂蜜水解酒，就告訴我。另外請你多注意不要讓病患家屬影響到全體工作人員的情緒。」

聽聽告辭高高院長後的第三天，接到高高院長的報告，又有喝醉酒的猴子來醫院吵著要喝蜂蜜水。

聽聽趕忙到醫院去，只見三隻猴子走路歪歪斜斜的，正圍在治療室向護理師要蜂蜜水喝。

高高院長過來了，他對這些醉酒的猴子說：「猴王要找你們問話，請你們到院長室來。」

「我們要，要喝蜂蜜水，我們，不，不要去院長室！」醉酒的猴子異口同聲的說。

「猴王要見你們，你們不去，猴王會生氣，會處罰你們的！」高高院長又說。

「猴王很好，不，不會，處罰我們的！」一隻喝醉的猴子說。

「你們不去，我叫警衛把你們捉去。」

高高院長威脅後，這些醉酒的猴子才顛顛跛跛，互相扶持著到了院長室。

「你們在哪裡喝酒呢，怎麼醉得這樣？」聰聰問。

「我們，沒沒有，喝酒！」一隻比較不醉的猴子說。

「沒有喝酒為什麼會醉酒？」聰聰又問。

「我們，我們也不知道，為，為什麼會，會醉酒。」

「高高院長，他們是生怪病或酒醉？」聽聽問。

「是酒醉，身上有許多酒味。」高高院長說。

聽聽對這些醉猴說：「你們身上有酒味，卻說沒有喝酒，不然酒味從哪裡來呢？」

「我們剛才都到一棵，一棵樹上，摘了幾個很像芒果，像芒果的果子吃。吃完後，就，就醉醺醺了！」

「那棵果子樹在哪裡？」聽聽問。

「在，在山腰，西北，西北邊的地方。」

「你們可不可以帶我去看看？」聽聽說。

「猴王，我，我帶你去。」一隻較沒有醉醺醺的猴子說。

聽聽在這隻猴子的帶領下，走了一段好長的路，到了那棵樹下。

「猴，猴王，就是，就是這棵樹。我們摘了幾，幾個吃，就醉了！」

聰聰仔細的瞧著這棵樹。黑褐色的樹幹，深綠的樹葉，外形有些像芒果樹。更奇怪的是它的果實也像芒果的形狀，只不過略微大些。

聰聰摘了一顆果實剝開來聞聞，居然有酒精味。

「這會不會是大象樹呢？傳說好遠好遠的地方有一種樹，名叫馬魯拉樹。馬魯拉樹結馬魯拉果，有酒味。馬魯拉果跟芒果很像。每年二、三

月動物及大象吃過馬魯拉果後，便如醉酒般在草原奔馳，因而馬魯拉樹又稱大象樹。」

聽聽想到這兒，把摘下來的果實往嘴裡嘗嘗，果然有酒味。

聽聽想：「我曾發動大家把吃過的果核拿回來猴子村種植，難道有猴子種了這種難得一見的果樹了嗎？」

聽聽知道答案後就發出命令：「任何一隻猴子，一天只能吃一顆馬拉魯果，以免酒醉，傷害身體。違背命令的要受重罰。」

猴子喝醉酒的問題解決了，聽聽到高高醫院去探望想遞辭呈的馨馨護理師。

「馨馨護理師，酒鬼搗蛋的事應該少多了吧？病患家屬不禮貌令你生氣的事，是不是也少多了？」聽聽問。

「謝謝猴王幫忙解決問題。」馨馨回答。

「報告猴王，馨馨護理師不但不辭職，反而因為當了護理師有了喜事。」高高院長說。

「有喜事，好哇！有什麼喜事，可不可以讓我知道呢？」聰聰問。

「自從猴王教她遇到不好溝通的病患或家屬，就畫哭臉，並盡量忍耐；遇到好的病患或家屬，就槓掉哭臉或畫笑臉。馨馨為了畫笑臉，對脾氣不好的病患或家屬，都盡量忍耐，並想辦法跟他溝通，讓他滿意。由於笑臉畫多了，她的臉上、心上也都浮出笑臉。有一位氣質很好的婆婆，看到馨馨護理師個性溫柔、脾氣這麼好，就把馨馨介紹給自己的孫兒。下個月他們就要結婚了。」高高院長說。

「啊！這是大大的好事！馨馨，你們結婚的時候一定要通知我，我要高高興興的為你們吹奏一曲《結婚進行曲》。」聰聰興奮的對馨馨說。

# 神猴

一天早晨，聰聰上廁所時，蹲了好久，花了好多力氣，竟拉不出來。

「糟糕又便祕了。」他去找高高院長治療。高高院長給了他一瓶浣腸，讓它通入肛門把腸中累積的穢物沖洗出來。第二天，他又拉不出來了。他不好意思又麻煩高高院長，就靠自己用力拉。花了好多時間拉，最後雖然拉出來了，可是發現肛門好痛，而且流血，只好又找高高院長。

高高院長對猴王說：「報告猴王，你不但便祕，而且又痔瘡。」

「這該怎麼辦呢？」聰聰問。

「我只能給你灌灌腸，擦擦藥，也沒有什麼特效的方法。」

高高院長又說：「跟猴王一樣得這種病的同胞很多，大概多是生活緊張、常常坐著，不注意飲食引起的。」

聽聽離開了高高院長後，一直想著怎樣根本解決這個問題。

一天早上，天氣有點冷，吐出的氣，變成了白煙。聽聽巡視到較高的山上，看見了一隻全身白毛，樣子雖老但很健康的動物，正對著東方的太陽慢慢的吐著白氣。

聽聽走向前一看，這隻動物的眉毛好長，眼睛炯炯有神，手腳伶俐的正在做運動。

「老神仙，早。我是這兒的猴王，名叫聽聽，歡迎您光臨我們猴子村。」

「猴王早。我是一隻老猴子，不是神仙。」

「您的精神很好，樣子像個神仙，請問您高壽？」

「我啊，活好久了，大概有一百二十歲了吧？」

「一百二十歲？唉呀，真是神仙！請問您怎樣保養身體呢？」

「其實也沒什麼，每隻猴子只要注意心理和生理的健康，都可以活得跟我一樣長。」

「怎樣注意心理和生理的健康呢？」聰聰又問。

「說起來很簡單，但是大家都不肯去做，我講了也白講。」

「老神仙，您就告訴我吧。」聰聰恭恭敬敬的拜託著。

「我舉個例子說：我的養生方法就像空氣。空氣對我們猴子來說是很重要的，如果沒有空氣，我們就會死亡，但是空氣隨時都可以得到，誰在乎空氣？」

「老神仙，我會努力的去做。我要把您的話當作維持生命的空氣，不敢忘記。」聽聽說。

「好，你有什麼病痛告訴我，我提供保健的方法給你參考，看看你是否有恆心去做。」

「老神仙，我最近最苦惱的是便祕和痔瘡。」

「你不要叫我老神仙，就叫我神猴好啦！我教你怎麼避免這些痛苦。」

神猴說：「便祕是大腸蠕動功能不好，引起排便不良；痔瘡是肛門附近的血液循環不好，引起血管腫脹出血。你只要每天加強大腸和肛門的運動，就自然消除這兩種病痛。你每天起床前，躺在床上兩腳做空中踩腳踏車的動作一百下以上，就可以預防便祕；做提提肛門的運動一百下以上，也可以避免痔瘡。」

「提提肛門是怎麼提呢？」聽聽問。

「你用力把肛門向上縮，約四秒鐘後放鬆，這是一下。這種運動，就可以使肛門的血液循環良好，血管不會腫脹出血。」

神猴接著說：「你回去有恆心的做個十幾天後，如果有效再來找我，我再教你別的保健功。」

神猴說完，自己練著功，不再說話。聽聽便恭恭敬敬的向神猴敬個禮然後下山。

聽聽下山回家後的十幾天，依著神猴的教導練功。果然不再便祕了，也不再痔瘡了。他高興得又去找神猴。

「神猴神猴，謝謝您教我的那兩種功。我現在已經沒有便祕和痔瘡的痛苦了。」聽聽高興的向神猴報告。

「你很有恆心，好。我就告訴你其他的保健方法。」

神猴又說：「健康的基本要領是心要靜，放下煩惱，快樂過生活；

其次是靠運動。」

「請問神猴，如何放下煩惱？」聽聽問。

神猴說：「就是往好的方面想。例如有兩隻母猴，她們嫁的丈夫都不愛家庭，兒子、媳婦也不孝順。一隻母猴每次想到這裡就咬牙切齒，到處訴苦、告狀，怪老天爺不公平，咒兒子、罵媳婦。久了以後，臉上的表情就像厲鬼，不但自己不快樂，其他猴子也不敢接近她；另一隻母猴能放下煩惱，認為該吃的苦都吃過了，所以她覺得自己真好運，後半生將進入倒吃甘蔗的階段，會愈來愈順利。她到處做義工，臉上布滿祥和，大家都想親近她。這就是能放下煩惱和不能放下煩惱的不同。」

聽聽點點頭後，神猴又說：「現在我教你幾個健康的基本功口訣：揉揉鼻子，搓搓耳朵，摸摸臉龐，梳梳頭。揉揉肚子，提提肛門，轉轉眼睛，踢踢雙腳身體好。」

聽聽記下口訣後說：「請問神猴，揉揉鼻子是揉鼻子的哪一部分？」

「揉揉鼻子是用雙手的食指，揉揉鼻子靠臉頰部分兩側凹下的穴道。這種運動可以增強鼻子的適應力，不會因為外面的空氣太冷而打噴嚏、流鼻水，以至感冒。」

「請問，搓搓耳朵是怎麼搓？」

「就是用雙手輕揉左右耳輪一分鐘到發熱。耳朵上布滿全身的穴道，常常揉它，可以使經絡疏通，預防耳鳴、健忘等疾病。」

「摸摸臉龐是不是雙手掌先搓熱，然後雙掌按在臉上左右搓一搓？」

「是的。早晨起來，臉龐常常冰冷的，摩擦發熱後，就不怕風寒了。」

「那麼梳梳頭又是怎麼做呢？」聰聰又問。

神猴說：「用十個手指肚由額前向腦後梳，使頭上的氣血流通。發現頭上有疙瘩的東西，就把它揉開。一天如果能梳三百下，可以不感冒、不健忘，也可以阻止心血管的疾病發作。」

「提提肛門和空中踩腳踏車的踢踢腳，這兩個動作我會。至於揉揉肚子是怎麼揉的？眼睛怎麼轉的？」

神猴說：「揉揉肚子就是雙手掌按在肚臍部位的地方，做順時鐘的按摩一分鐘。這個運動可使腸子多蠕動，有助消化也可以預防中風。轉轉眼睛是眼

睛左右轉，可以使眼睛靈活。」

聽聽得到了神猴的指導後說：「謝謝神猴。我會把您教我的這些保健神功每天練習。另外，我請教您，我可不可以把您教的這套神功傳給我們全村的猴民呢？」

神猴說：「當然可以。」

聽聽得到神猴的允許後，就把這套神功命為「全民健康基本功」，並親自教導猴民練習。因此每天早晨，猴子村的猴民到處都在練這套神功。大家的身體都比以前好多了，也都很少上醫院去。

# 表演會

三月的天氣裡，陽光普照，猴子村的果園，開滿了李花、桃花、杏花等等，景色好美。

聽聽當了猴王後，特別請粗壯有力的大力士當果園的園長，負責經營果園。

有一天，負責管理果園的大力士猴子向猴王說：「報告猴王，我們的果園，桃子、李子、杏子、木瓜等都已經成熟可以吃了。」

「謝謝你的經營。我們找個日子開放果園，讓全村的猴民都可以享受桃子、李子、杏子和木瓜等水果。」

聽聽又說：「另外，我們也來開個表演會，慶祝我們經營的果園成功。」

聽聽召集東西南北四個大區的區長，及年輕有活力的猴子一起開會，決定了由各區負責一個表演節目，以及推代表參加「德、智、體、群、美」的五項比賽。

聽聽宣布表演會的日子後，猴子村的猴民都興奮異常。大家都期盼表演會的日子趕快來到，以便欣賞高水準的表演；也希望自己那一區在五項比賽中獲得好成績，得到許多的獎品。

表演會到了，聽聽聘請了五位裁判員擔任大會裁判。大會開始，聽聽請赫赫老猴王致詞後，便上場演奏葉笛祝賀。他吹奏一首《大會進行曲》，旋律輕快、活潑，美妙的音樂把大家興奮的情緒都撩起來。演奏完後，掌聲響得整座山都聽得到。

聽聽表演完後，首先登場的節目是所有選手和觀眾一起做的活動

「全民健康基本功」。大家先唱：「早睡早起，注意飲食，這是保健的基本功。」接著一邊唱一邊做動作：「揉揉鼻子，搓搓耳朵，摸摸臉龐，梳梳頭。揉揉肚子，提提肛門，轉轉眼睛，踢踢雙腳身體好。」

「全民健康基本功」做完後，各區的表演節目開始了。

第一個節目是東區的「踩高蹺舞」。上場的演員在腳下綁了兩根八十公分長的竹竿，兩手拿著一公尺多的竹竿，一步一步的走進會場裡，隨著歌聲變化隊伍。「喀喀喀」的整齊節奏，以及演員的前滾翻、後滾翻等演出，贏得了眾多的掌聲。

第二個節目是西區的「仙女散花」舞蹈。一群年輕的雌猴打扮成仙女，婀娜多姿的跳著舞，跳完後，把手上的鮮花灑向觀眾。觀眾都搶著接鮮花，把歡樂爆了開來。

第三個節目是南區的「戲劇演出」。表演的內容是孫悟空陪唐三藏去西天取經。路途中，豬八戒被蜘蛛精的美人計迷住，結果被捉。孫悟空打敗蜘蛛精，救出豬八戒後，擰著豬八戒的大耳朵，要他向唐三藏發誓，以後不可以看到美女就追。

第四個節目是北區的「神猴射日」。敘述天上有九個太陽，使得大地熱得發燙。一隻神猴出來為大家解決苦惱。他用竹子做了一把弓和九枝箭，然後上山要射太陽。他辛苦的上了

高山，終於射下天上的八個太陽，解除了大地的熱災。

四個節目都很精采，獲得大家熱烈的掌聲。最後經裁判表決，冠軍頒給了南區。

接著進行的是各區推出代表參加的五項比賽。

一隻身材魁梧的猴子走到比賽場所，他就是這次比賽的裁判長。他張開大喉嚨，發出如雷般的聲音對大家說：「五項比賽的第一個項目是『誰是好猴子？』背景是假設森林失火了，大家都忙著逃難。可是年老的猴媽媽或猴奶奶跑不動，選手要負責背她們逃難到豎有安全標誌的地方去。逃難的時候，除了要快以及不可折磨老人外，還要閃避煙火的來襲。比賽的時候，四周隨時會有燃燒狼煙，選手要避開狼煙。比賽快要開始了，請選手把老人背到起跑線上。」

四隊的選手各自別著自己區的彩帶出場，東區是紅帶，西區是藍帶，南區是黃帶，北區是紫帶。他們的背上都背著自己的媽媽或奶奶。

裁判長看選手已經就位後，大聲的喊著：「預備，跑！」

各區的選手就像閃電一樣，急急的往豎有安全標誌的地方跑。

「加油！加油！」觀眾都為選手熱烈的加油。跑在前面的是南區的黃帶選手，跟在他後面的是東區的紅帶選手，接著是紫帶、藍帶。忽然黃帶選手的前面樹林冒出了狼煙，選手們紛紛轉變奔跑方向往右跑，繞開狼煙區。跑著跑著，又出現狼煙，選手們又轉變奔跑的方向。最後，四隊選手終於都到了安全的目標區。第一隊先到的是南區的黃帶選手，接著是紫帶、紅帶、藍帶。

裁判長宣布成績，第一名是北區的紫帶選手，其次是黃帶、藍帶、紅帶。

觀眾聽了，有的叫著說：「不公平，不公平，第一名應該是南區的黃帶選手。」

裁判長回答說：「我們比賽的最高目標是『誰是好猴子？』這四隊都跑得很快，也都安全的跑到終點，但是能又快又注意到背上長輩舒適的是北區的紫帶選手，所以他是第一名。」

觀眾聽了以後都拍手同意。

接著第二項比賽項目上場了。這次的項目名稱是「誰能搬得動大石頭？」

大會在比賽場地上布置了一顆一百多公斤的石頭後，裁判長就對四區參加的選手

說：「誰能早點想出辦法把這顆重石頭搬到十公尺外的大樹下，誰就獲得冠軍。」

四隊的選手按照抽籤號數上場，首先上場的是紅帶選手雄雄，他用力推著石頭，石頭一動也不動；推了十多次，石頭還是在原地。接著上場的是南區的黃帶選手大力士，他張開雙臂想把大石頭舉起來，但是用盡了吃奶的力量，也動不了。接著上場的是北區的紫帶

選手強強；他一會兒抱，一會兒推，仍是沒辦法。最後是西區的藍帶選手智智上場。他搖一搖石頭，動也不動，就去找來一根木棍放在大石頭下，又搬了一塊小石頭墊在木棍下，接著用力撬起大石頭，居然大石頭向前推動了十多公分。智智又把木棍放在移前的大石頭下，然後把小石頭墊在木棍下，再用力撬起大石頭，大石頭又往前移動了十多公分。就這樣，智智把大石頭慢慢的移到大樹下了。

裁判長看了宣布說：「第二項比賽是西區的藍帶選手智智獲得冠軍。」觀眾都心服口服的拍手祝賀。

第三項比賽登場了，比賽項目是「爬樹比賽」。四區的代表都到齊後，裁判長宣布說：「這次爬樹比賽，目的是逃生的訓練。由這一棵柳杉爬上去，到樹梢後跳到第二棵柳杉、再跳到第三棵柳杉，接著爬到樹下。誰花的時間最短，誰就勝利。」

裁判長說完，選手們就抽籤上場。南區的黃帶選手花了一分四十六秒，西區的藍帶選手花了一分五十秒，東區的紅帶選手花了一分三十秒，北區的紫帶選手花了兩分整。比賽結果，東區的紅帶選手獲得冠軍。

第四項比賽是「蜈蚣走路比賽」。參加的各區派出十隻猴子，除了第一隻猴子外，每隻猴子的手搭在前面猴子的背上，前後腳連在一起，整隊像隻大蜈蚣。

裁判長看四個比賽隊伍都準備好後說：「蜈蚣走路比賽是考驗全隊的團結、合作情形。如果隊中的選手只考慮自己的行走，不配合團體的腳步，那就會妨礙整體的速度。現在給各隊在原地一分鐘的腳步練習。」

裁判長一說完各隊就在前頭隊長「一二、一二」的號令下，練習全體抬起左腳接著右腳的走路練習。

一分鐘過後，裁判長說：「比賽開始，各隊各就各位，預備，跑！」

四區的選手開始往前跑。他們都不約而同的一邊跑一邊喊著「一二、一二」讓腳步整齊的口號。跑了一、二十秒後南區的黃隊摔跤了，原來兩三個選手的腳步錯了，絆倒了整隊的隊形。他們站起來重新調整「一二、一二」的步法後，再繼續向前走，但是已經比其他隊伍慢了一截。接著東區的紅隊也摔跤，不久西區的藍隊也摔跤。最後，北區的紫隊最先到了終點。

裁判長宣布說：「蜈蚣走路比賽，北區的紫隊獲得冠軍，西區的藍隊亞軍，南區的黃隊季軍，東區的紅隊殿軍。」

第五項比賽是「選美大賽」。大會已在兩棵大樹間綁上一條粗粗的

繩子，參加的選手要在繩子上行走。

裁判長宣布說：「參加的選手要在懸空的繩子上行走。評審的五位評審員是針對選手的平衡力、表演力、姿態美來評分。現在開始比賽。」

裁判長說完，各區的選手便出場。

抽籤抽到第一位上場的是東區的嬌嬌。她小心翼翼的爬上了懸空的繩子上，雙手雙腳緊抓著繩子，由開端向終點方向匍匐前進。在觀眾的掌聲中，她安全的爬完繩索。

第二位上場的是南區的英英。她上了繩子後雙腳站立在繩子上，雙手左右平伸維持平衡，一步一步穩穩的向前走，抵達了終點。

第三位上場的是北區的芳芳。她上了繩子後雙手分開握住一根竹竿，當作平衡的著力點，然後一邊走一邊還表演各種美妙的動作。一會兒左右搖動，像在跳舞；一會兒往上跳躍又落到繩子上。觀眾看得如痴如醉，大聲叫好。

第四位上場的是西區的梅梅。她雙手左右平伸上了繩子，走了幾步後突然往上跳躍，想做個空中滾翻的表演，沒想到翻滾後落點不好，掉在地上。

比賽結束後，裁判長宣布成績說：「選美比賽，北區的芳芳獲得冠軍。」觀眾聽了，都熱烈的鼓掌。

大會閉幕典禮時，聰聰猴王上台致詞。他謝謝大家的熱烈參與，也謝謝選手的精采演出。接著進行頒獎。凡是參加表演或比賽的選手，都獲得三根香蕉的獎品，而優勝的團隊和個體，也都額外增加五個桃子和十根香蕉。

大會結束了，幾乎全體猴子都叫著說：「明年還要辦表演會！」

# 告狀

表演會結束後，過了幾天，有兩隻母猴找聽聽猴王解決紛爭。

「報告猴王，自從她家生下孫子小宣後，我們家就面臨了災難。小宣整晚又叫又

跳，有時候還猛搖著樹枝，吵得我們都沒法子睡覺。我們勸她管好孫子，她不但不理，反而說我們妒忌她有孫子。我的先生和孩子都受不了了，請猴王判她噪音騷擾，賠償我們的精神損失。」一隻名叫金金的母猴說。

「報告猴王，小孩子本來就常有白天睡，晚上不睡的現象。我們雖然不停的安撫小孩，可是並沒有效果。每次我孫子一叫或一跳，金金就到我家大吼大叫，害得我家孫子，怕得睡覺中也會哭醒。我也要她提出賠償金給我。」另一隻叫強強的母猴說。

聰聰說：「既然你們兩家相處不來，為什麼要住在同一棵樹上？」

強強說：「報告猴王，上次您為了歡迎霜毛蝠住在我們猴子村裡，大家把岩洞的家讓給了霜毛蝠，住到樹上去。我和金金都看中一棵長得高高的印度橡膠樹。這棵樹像一把大綠傘，好美；葉子很大，可以擋雨；樹鬚很長，可以盪鞦韆。我跟金金是好朋友，因此就住在同一棵樹上。沒想到她居然會因為我孫子而翻臉。」

金金說：「我沒看過有這麼縱容小孩的人。我希望她們搬離這棵樹。」

「這棵樹是我先找到的，然後約金金當鄰居。要搬家，那就請她搬走吧！」強強說。

聽聽說：「強強，你兒子已經長大可以獨立了，如果你兒子、媳婦和孫子搬出去住，是不是問題就解決了？」

「我喜歡三代同堂，過著溫馨的生活。」強強說。

聽聽想不出勸導的辦法，就說：「你們兩位先回去，等我想到辦法後會找你們來談。」

聽聽說完後，金金和強強才退下去。

「要怎麼解決金金和強強的事呢？」

聽聽想了兩天，也想出了幾個辦法，例如強迫某一家搬家，或者幫兩家找個理想的大樹住，但是總覺得這些辦法不會被接受。因為從她們的講話中可以知道，兩家都喜愛住在印度橡膠樹上，而且那棵樹，也大得足夠讓兩家住。

「兩隻腳走路的人，流傳著這樣的一句話：『山不轉，路轉；路不轉，人轉；人不轉，心轉。』我就從『心轉』方面想法子來幫她們解決。」

「如何讓她們心轉呢？」第三天午後，聽聽還在苦思怎樣讓告狀的兩家改變心意。想著想著，竟然睡著了。

「猴王，猴王，你遇到苦惱的問題是嗎？看你眉頭緊蹙在一起，連睡個午覺都不安穩。」

聽聽睜開眼睛一看，天空上出現了一朵蓮花似的大白雲，白雲上站著一個拿簫的人，緩緩的降落下來，對著他說話。

聽聽沒看過這種景象，趕忙滑落樹下，恭恭敬敬的趴在地面向他叩頭敬禮。

「快站起來，請你不要多禮。我是八仙之一的韓湘子，喜歡吹簫吹笛。你既然有煩惱，我就吹吹笛子，讓音樂解除你的煩惱。」

韓湘子說完，隨手摘了一片榕樹葉子，把葉片的邊緣拉緊，然後送到嘴邊吹起曲子來。美妙的音樂，使猴王感覺到自己也變成了神仙，正坐在一朵雲上，往高山，往大海，四處雲遊。

曲子停了，聽聽發覺自己又回到樹下，面前的神仙，把靠近嘴邊的樹葉樂器放了下來。

「樹葉當樂器，就是葉笛。你摘一片榕樹葉，我來教你怎樣吹出歌曲。」

韓湘子說完，就指導聽聽怎樣把樹葉的邊緣拉緊，怎樣吹曲子。聽聽起先吹不出聲音，經過神仙指導後，居然也可以吹出音樂來。神仙教他怎樣根據喜、怒、哀、樂的心境來吹歌曲。聽聽學得很快，居然也會吹出不同的曲子來。

「你已經學會葉笛的演奏了，希望你常常練習，吹出神奇的曲子給有問題的猴民聽，解除她們的苦惱。」

神仙說完，手指一招，一朵白雲迅速的降落下來。韓湘子就坐上雲朵，快速的飄走了。

聰聰送走神仙後，睜開眼睛，發現自己還躺在剛才睡午覺時的枝椏上，並沒有下到樹下。這才覺得，原來剛才做了夢，夢到神仙用葉笛教他吹奏音樂。

「韓湘子神仙教我吹曲子，這是真的還是假的？如果是假的，為什麼怎樣用榕樹葉子當樂器，怎樣吹出曲子，印象那麼深刻呢？」

聰聰順手摘了一片榕樹葉，按照神仙的指導，拉緊葉緣，送到嘴邊吹。說也奇怪，美妙的音樂流了出來，聽聽聽了自己吹出的歌曲，居然心情好愉快。

「如果金金和強強聽了我吹出的歌曲，是不是也會很愉快，是不是會撤銷互相控訴？我來試試。」

聽聽想到這兒，就通知金金和強強來。

金金和強強繃著臉一前一後來了。

聽聽王請她們坐下後說：「我先請你們聽一首曲子。」

聽聽拿出葉笛吹。大概猴王想到她們互相控訴的事，吹出的曲子是急促、激昂的音樂。

金金和強強隨著音樂聲，閉起了眼睛，她們忽然回到了印度橡膠樹的家裡。強強和兒子、媳婦及孫子住在樹腰的上半段，金金和先生、兒子住在樹腰的下半段。強強的孫子小寶正爬到樹梢上搖著樹枝，又喊又叫，高興得不得了。

「強強，你約束一下你的小寶金孫好嗎？這棵數不是只有你們一家在住呢！」金金說。

「金金，你太愛斤斤計較了。哪個孩子不都是又喊又叫的？你怕吵，那你就搬家好啦！」強強說。

「你這隻潑猴，要你約束孫子，你不但不理，反而罵我。有膽子我們來打一架吧！」金金說。

「打就打，誰怕誰？」

強強說完，溜下樹，攢起拳頭等著金金。

金金看到強強居然擺出打架的架勢，於是忍耐不住也滑下樹。兩隻母猴你不讓我，我不讓你的打了起來。

「唉喲！我的手臂好痛！」金金握著垂下來的手臂叫著。

「我的手臂被你踢斷了！」強強也握著垂下來的手臂叫著。

兩隻母猴沒法打架了，都握著受傷的手臂往醫院去。高高院長為她們治療手臂，並為她們把受傷的手臂掛吊在胸前。

聰聰知道打架的消息後，到醫院對她們說：「你們一個當了祖母，另一個也快當祖母了，為什麼要打架呢？今天的打架幸而沒有釀成兩家的群鬥，如果兩家群鬥造成子孫送命，那就非常可怕了！」

急促的音樂停了，金金和強強睜開眼睛，發現手臂好好的，仍跟剛來時一樣，坐在猴王前面。剛才打架的一幕，原來是做夢。不過，金金和強強已為了剛才的夢，嚇得冒出一身冷汗。

「幸而剛才手臂斷了的事不是真的！」她們都這樣慶幸著。音樂又來了。這次聽聽吹出的是柔和、甜美的音樂。

金金和強強的心情變得很好。她們忽然覺得又回到印度橡膠樹的家。

「奶奶，我們回來了。」強強的孫子小寶帶了金金的孫女從外面回來。他們的手上捧了一串香蕉。

「奶奶，我和小寶去外面摘回香蕉請你們吃。」金金的孫女說。

金金和強強看到自己的孫女和孫子後，都高興的說：「好乖，好乖，謝謝你們摘香蕉給我們吃。」

「金金呀，你家的孫女巧玲長得好標緻，又懂事，嫁給我孫子小寶好嗎？」強強說。

「我跟你是好朋友，好鄰居，如果他們有緣分在一起，我還有什麼不高興的？」金金說。

「小寶和你的孫女巧玲常常一起出出入入，那我們就這樣決定，為他們辦喜事如何？」強強說。

「好好好，有機會跟你們結成親家，那是我家的榮幸。」金金說。

接著幾天，兩家高高興興的為孫子、孫女辦結婚喜宴。

金金和強強兩個面露笑容的坐在宴席上。這時候聽聽的音樂停了，金金和強強忽然醒來。原來自己仍然坐在猴王的面前。

「恭喜恭喜，原來強強的金孫將來是你的金孫女婿。」聽聽對金金說。

「謝謝猴王。小寶個性明朗、活潑，是個好孫婿。」金金說。

金金和強強聽了兩段音樂後，兩隻母猴手拉著手，身體挨著身體，高高興興的離去。聽聽沒想到神仙教的音樂，有這麼大的功用。

# 果園風波

七月的日子裡，猴子村果園裡的龍眼樹，每一棵每一棵都像一把大綠傘，綠傘上掛滿了纍纍的龍眼；而木瓜樹，也都掛滿了肥碩的青木瓜或黃木瓜。

聽聽走到果園巡視，只見果園的大力士園長，正忙著安排各區的猴民到果園吃龍眼、吃木瓜。聽聽走到果園的西北方，發現幾棵龍眼樹下，躺著幾枝被折下的樹枝，

樹枝上還有許多未成熟的龍眼；有幾棵木瓜樹，被折斷了。

「哪一隻猴子這樣的糟蹋龍眼樹和木瓜樹呢？」

聽聽又想著：「我已請大力士園長安排猴民吃龍眼、吃木瓜，難道有等不及的猴民犯規偷採龍眼和木瓜嗎？」

聽聽愈想愈不對勁，就去找大力士園長。

「園長，我們的果園最近有什麼狀況呢？」聽聽問。

「報告猴王，今天早上我去巡視，發現果園西北邊的果樹被破壞了。成熟的果子被摘去，未成熟的被丟在樹下。」大力士園長說。

「查出誰破壞的嗎？」聽聽又問。

「還沒查出。」

「你再多派幾位警衛和偵查員注意這件事，希望早日查出是誰破壞果園。」

聽聽交代園長後，也派了幾位身邊的侍衛到山下去打聽，看看有沒有其他的動物闖入猴子村。

派出的侍衛回來了。

「報告猴王，我們在猴子村外的地方，沿途看到許多被吃掉的龍眼殼和龍眼子以及木瓜皮。據山下別村的動物說，最近有一族長尾猴，常騷擾附近的村落。偷我們龍眼、木瓜的，可能是他們。」

聽聽聽了，就把這個消息轉告大力士園長，要他多注意上山的長尾猴。

第二天，大力士園長及警衛綁來了幾隻長尾猴。聽聽一看這些長尾猴，兩隻走路不穩的老猴，一對中年的夫婦各背著一隻小猴，每一隻都瘦瘦的，好像營養不良一樣，馬上叫警衛替他們把繩子解開。

「你們是一家族的嗎？」聽聽猴王問。

中年的長尾猴說：「是的。」

「你們為什麼全家出動要來我們的果園偷吃呢？」聽聽又問。

「報告猴王，我們長尾猴村落的樹被兩隻腳走路的人砍光，那兒聽說要改種茶。我們全族的長尾猴沒地方去，只好流落各地。前些天我們有些族猴到你們村落得到好多果實，因此我們一家就決定來這兒，希望也有果子吃。」

「我們果園被破壞，是不是你們做的？」聽聽再問。

「我們沒有破壞果園。我們一家剛進入果園就被你們的警衛抓來這兒。」中年的長尾猴說。

「你們的猴王是誰？全村的猴民有多少？」

「我們的猴王叫厲厲。全村的猴民大約一百多位。」

聽聽問完後，看這家老老少少都很可憐，就交代侍衛給他們早餐吃，並暫時讓他們留在收容所裡。

聽聽安排完這家長尾猴後，大力士果園園長又綁來一小群長尾猴。

聽聽一看，這群長尾猴也是老老少少的，也都是瘦瘦的，弱不禁風的樣子。

聽聽又叫侍衛替他們把繩子解開，然後問：「你們是同一家族的嗎？」

「是的。」一隻年紀較大的長尾猴說。

「你們為什麼闖入我們猴子村的果園呢？」聽聽問。

「我們的村落被破壞了，厲厲猴王不照顧我們，我們全家營養都不良。聽說這兒有許多果子，我們就來這兒，希望摘幾顆果子吃。」

年紀較大的長尾猴又說：「報告猴王，我們可不可以當您的猴民，住在這兒？」

聽聽看看這群可憐的長尾猴後說：「這不是我馬上可以決定的。你們如果要回去，我馬上釋放你們離去；如果不回去，就暫時讓你們住在收容所裡。」

這群長尾猴就住在收容所裡。

「報告猴王，大約有七、八十隻長尾猴占據我們果園的西北區不肯走，請問怎麼辦？」大力士園長派一位警衛來報告。

「知道了，我馬上過去看。」

聽聽一邊往果園的西北區走，

一邊想：「難道厲厲猴王把族內的衛士都遣來，想占據我們西北區的果園嗎？」

聽聽帶了幾十位侍衛趕到果園的西北區去看。只見一群長尾猴爬在好幾棵龍眼樹上，一邊吃龍眼，一邊把龍眼子往下丟，好像這兒已經是他們占據的地方。

「你們怎麼可以侵犯我們的果園呢？」聽聽看這些野蠻的長尾猴，身體壯壯的，面目很凶，不像剛才看到的兩批長尾猴，身體瘦瘦，表情可憐，就動了怒問他們。

「我們奉厲厲猴王的命令，要搬到這兒過活！」一隻目露凶光，好像是那群長尾猴的領隊說。

「這兒是我們獼猴的猴子村，你們沒經過我們的同意，不可以侵犯我們的家園。你們厲厲猴王在哪裡？請他出來說說理。」聽聽說。

「我們厲厲猴王不在這裡，他派我們來的。」那一隻長尾猴又說。

「你們的厲厲猴王要你們來也沒有用。這裡不是你們厲厲猴王管轄的長尾猴村。你們趕快離開，不然我一下命令，幾百位警衛一出手，將把你們打得很慘。」聰聰說。

爬在樹上的長尾猴們聽了，有的害怕了，偷偷的想溜下樹；有的不但不害怕，反而摩拳擦掌，好像要用武力強占這個地方的樣子。

聰聰想到剛才跟第一批老弱的長尾猴問起長尾猴的全村總數，只不過一百多隻。除去老弱的外，厲厲猴王幾乎把強壯的猴民都派來霸占西北區的果園。我何必直接跟他們決鬥呢？

聰聰想到這兒，就對這七、八十隻長尾猴說：「我現在給你們兩小時的考慮，希望你們去通知你們的猴王。兩小時後我來聽你們的回音。如果你們仍舊不肯退去，我們就正式要出兵攻打你們。」

聽聽說完，除了派兵監視這群長尾猴外，另外帶了幾十位侍衛下山要去突襲山下的厲厲猴王。

聽聽先派偵察員去打聽厲厲猴王駐紮在哪裡，得到確切消息後，幾十位侍衛便包圍過去，很輕易的將厲厲猴王抓住。

「厲厲猴王，動物村有動物村的規律。你不能因為家鄉被破壞了就要侵占別的動物村。我們村的對面那座山，沒有其他動物住在那兒。你如果願意撤走你的部下，帶他們去那兒落腳，我們兩族就不必打仗，而且我們也願意教你們怎樣經營果園，大家都可以過著快樂的生活。如果你不肯撤走，一定要決個勝負，我們有幾百位警衛，也不怕你們。」

被虜的厲厲猴王聽了，只好派員去撤走在猴子村的七、八十隻長尾猴，於是果園西北區的問題便順利解決了。

聽聽解決長尾猴的入侵後，想到了兩批留在收容所的長尾猴。他想：這兩批長尾猴要留在猴子村，我能收留他們嗎？我想，我應該開個會公開討論。聽聽請四個區共二十位代表來開會，並請赫赫老猴王蒞臨指導。

「報告赫赫猴王和各位代表，今天麻煩各位出席會議，目的就是討論要不要收容他族的動物。」接著聽聽把這次遇到長尾猴的事說了出來。

各區代表有贊成的，也有反對的，最後決議授權由聽聽處理。

聽聽同情這兩批老弱的長尾猴，就收容了他們，讓他們住在猴子村。

# 搶救小賓賓

聽聽處理了長尾猴的侵犯後，他想：我們不只要關心猴子村的世界，也應該了解外面的世界，於是他派了多位偵查員往外面的世界去打聽消息。

偵查員陸陸續續的回來報告。

「報告猴王，長尾猴原來住的家園，樹木都被兩隻腳走路的人砍伐掉了。現在那兒被闢為茶園和菜園，還建了幾座房子，好幾戶人家就住在那房子裡。」一位偵查員說。

「報告猴王，那些人養貓、養狗又養雞、鴨、鵝。我們一靠近他們的家，狗就吠叫，好像警告我們不可以靠近。」另一位偵查員說。

「報告猴王，那些人的孩子，常把貓、狗抱在懷裡，或用一條繩子綁在他們的脖子上，帶著他們去散步。聽說這就是『養寵物』。」又一位偵查員說。

聽聽聽了這些報告後，非常擔心人類住得愈來愈接近猴子村，將來猴子村的猴民會被逼得遷村。

「如果將來被逼得要遷村，我們要遷到哪兒去呢？」聽聽為這件事想了好幾天，仍然想不出解決辦法。

一天，有一隻叫純純的母猴求見聽聽。

「報告猴王，請你救救我家的小賓賓吧！」純純哭喪著臉說。

「你的小賓賓怎麼了？」聽聽問。

「前天我背著我的小孩子賓賓下山，一邊找食物，一邊看看外面的世界，沒想到走到人住的地方去。」

純純停了一下又說：「我發現那兒有個南瓜園，園裡有好多大大的、金黃色的南瓜。我想到如果我們的果園也種有這種南瓜，那該多好？於是想摘一個回來。想到這兒，我把背上的孩子放在瓜園邊的石頭上，然後去摘瓜。

「摘下瓜後，聽到狗叫聲，接著兩隻腳的人出現了。我趕快丟下瓜去抱小賓賓，但是小賓賓抱不起來，他被石頭黏住了。我搖他，打他，他都起不來。狗快要接近了，我只好趕快逃。

「我在遠遠的地方看著小賓賓，小賓賓被人抓走了。我暗中跟隨他們，那個人把小賓賓抓進一間屋子裡去，然後把小賓賓綁在柱子邊。一條狗就在小賓賓的附近監視著。我沒辦法救小賓賓，只

好回來拜託您了。」

聽聽聽了說：「瓜園的主人一定在石頭上抹上強力的黏膠，要來黏坐在石頭上的動物。」

「報告猴王，求您快救救我的孩子吧！」純純母猴哀求著說。

「純純，你不要著急。我雖然沒有把握救出你的孩子，但是我會盡力的。你把小賓賓被關在哪一家再說清楚點，我帶幾個力氣大、頭腦清楚的部屬去救他。」

聽聽安撫了純純後，招集了幾位得力的部屬去救小賓賓。

其中有一位叫鋼牙的猴子，牙齒很厲害，幾乎一下子就可以把山藤咬斷。

聽聽帶著部屬悄悄的向純純母猴說的人類住處走去。快要接近人類住處的時候，聽聽先派一位偵查員去了解小賓賓確實被關在哪

裡，那兒的情況如何？

被派出去的偵查員去了不久，那兒的狗吠聲傳來。

「我們的偵查員可能被狗發現了。」聽聽輕聲的說著。

一會兒，偵查員回來報告說：「小賓賓被第一家的人用繩子綁在庭院裡的木柱上，他的旁邊有一條狗看著。我一靠近院子，狗就叫，警告我不要靠近。」

聽聽聽到小賓賓還被綁在庭院裡，沒被送到外地去，心裡就安心多

了。

「你們有什麼辦法來救小賓賓呢？」聽聽問左右的部屬。

「只要把狗引開，我就有辦法進去咬斷繩子，救出小賓賓。」鋼牙猴子說。

「誰有辦法把狗引到院子外去，讓鋼牙進去救小賓賓？」聽聽問。

「我去試試。」一隻叫捷捷的猴子說。

「那麼你們兩位就去救小賓賓，我們在這兒幫忙監視那家的人。」聽聽說。

捷捷和鋼牙去了一陣子，狗又吠叫了。

捷捷和鋼牙回來了，捷捷對聽聽說：「我到大門前，

引誘那條狗來追我，但是庭院的大門關著，狗沒法子出來追我。」

聽聽對另一位部屬說：「雄雄，你跟他們去，你想辦法先潛入庭院裡，打開大門，讓狗能去追捷捷。」

聽聽又對捷捷和鋼牙說：「狗跑得比你們快，你們自己要注意自己的安全，先選好一棵樹，可以隨時爬上樹上躲避狗的追擊。萬一狗一直在你們躲的樹下一直叫，你們也不用害怕，我們會去引開狗，讓你們安全的離開。」

聽聽策畫好後，雄雄、捷捷、鋼牙就出發了。聽聽也帶著其餘的部屬，慢慢的掩進到那家

屋子附近。

聽聽看到雄雄爬上牆，進入庭院，一會兒庭院的大門打開了，狗也吠叫了。捷捷故意出現在庭院的大門前，要引狗去追他，好讓鋼牙進去救小賓賓，可是狗追到庭院大門後，並沒有追出去咬捷捷。

狗不停的叫，吵醒了屋子裡面的人。只見屋子裡面的人帶著一根棍子衝了出來。

「難道小偷來了嗎？」那個人說著，走到庭院看了看綁在柱子上的小賓賓後，看到大門開著，走出大門望了望，沒發現什麼，就說：「哦！原來大門忘了關。」於是他把大門關上，摸摸狗的頭，叫著「乖」後，便進入屋子裡。

聽聽發現這個計策沒辦法救出小賓賓後，就召回大家，等著機會再救小賓賓。

第二天，天一亮，這家的男主人帶著鋤頭、鐮刀和狗，要到菜園去工作。

聽聽發現了救小賓賓的好機會，連忙帶著捷捷、鋼牙、雄雄等潛入庭院。庭院裡的雞看到他們，發出「喀喀喀」的叫聲。正在廚房工作的一位婦女，望了望庭院，沒發現什麼，就又低下頭洗碗。

鋼牙迅速的閃到柱子邊，用手指按著嘴脣，跟小賓賓打個不要出聲的手勢後，便用他銳利的牙齒猛

咬小賓賓脖子上的繩子。

「綳！」繩子斷了，鋼牙迅速的把小賓賓抱起來，放在背上，馱著他跑。

聽聽一夥也趕緊離開這個人家。

聽聽把小賓賓還給純純母猴。純純母猴不停的對大家說：「謝謝，謝謝。」然後抱著小賓賓又吻又親。

聽聽經歷了這件事後，下了一道命令：禁止猴民接近人類的住處和瓜園，違背的重罰。

「報告猴王，將來山下的人會不會也來侵犯我們猴子村呢？」一隻跟隨去救小賓賓的猴子提出了這問題。

「這很難說。不過我們猴子村在那麼高的山上生活，大概兩隻腳走路的人，也懶得上來開墾吧？」

# 養寵物

猴子村的猴民平安了一陣子後，忽然有幾隻猴子學人們養起寵物來。

「毛毛，你養什麼寵物？」一隻叫奇奇的猴子問抱著一隻鳥的毛毛。

「我養白鷺鷥。」毛毛說。

「你怎麼有白鷺鷥呢？」

「我從竹林裡把剛孵出來的白鷺鷥雛鳥抱來養。你看，現在他已經長出白毛了。」毛毛很得意的說。

「你的寵物那麼小，你怎麼養呢？」奇奇又問。

「我找小蟲回來，他就會張開小嘴等著我餵食。」

毛毛說完，對著手中的寵物說：「乖寶寶，我是你的媽媽。來，讓我親你一下。」

「奇奇，你養什麼寵物？」毛毛問。

「我養的是白兔。」奇奇說。

「你怎麼有白兔呢？」

「我在山林中散步，看到兔媽媽生了七隻小兔子，我就抱一隻來養。」

奇奇說完，也對小兔子說：「乖寶寶，我是你的媽媽。來，讓我親你一下。」

猴子村的年輕猴子，紛紛養起寵物來。有的養鴿子，有的養小貓，有的養松鼠。幾乎五隻猴子中，就有三隻養寵物。

年輕的猴子養寵物流行後，只注意怎樣照顧寵物，陪寵物散步，忘了要交異性朋友，忘了要結婚，因此猴子的生育率降了下來。

聽聽覺得猴民養寵物養得過火了，就想禁止，但是這是牽涉到猴民的生活自由，他想不出什麼理由

來阻止。

寵物愈養愈稀奇。居然有猴子把迷你豬當寵物，拉著迷你豬在村子裡散步。接著有猴子養了一隻小山羊當寵物，騎在小山羊背上，到處炫耀。大家好像在比賽誰的寵物最有特色。

有一天，有一隻叫悍悍的猴子抱著一隻好小好小的老虎在村子裡走來走去。

「老虎是凶猛的動物，你怎麼可以把老虎當寵物呢？萬一他長大了，會反來咬我們的！」聰聰說。

「放心啦，他現在還小，就像一隻小貓一樣，沒什麼可怕。」悍悍說。

「他總是會長大的，你沒法控制他的。」聰聰又說。

「我都餵他吃素食。他沒吃過肉，即使長大也不會反咬我們的。」

悍悍辯解著。

「雖然你說的也許有理，但是不怕一萬，只怕萬一，你還是最好不要把老虎當寵物。」聽聽苦口婆心的勸告。

悍悍不聽，對猴王說：「養寵物是大家的自由，也是一種創意。希望您能放心讓我們養。」

「報告猴王，悍悍的小老虎一出來，我家的寵物都不敢出來了。您是不是要想辦法阻止悍悍養老虎呢？」養寵物的都這樣來告狀。

「我曾勸告他，但是他不聽。」聽聽只能這樣回答。

日子一天一天的過去，悍悍的小老虎長得已經像一條大狗了。悍悍騎在小老虎的背上，耀武揚威的向大家說：「你們看，我的寵物威威，多麼威武和神氣。」接著他對小老虎說：「威威，你表演快跑給他們看！」

小老虎像一陣風一樣，馱著悍悍跑走了。

聽聽看了更是擔心，自言自語的說：「小老虎威威總有一天會長大，萬一那時候悍悍控不住老虎威威，那怎麼辦？我要早點想辦法處理這件事。」

聽聽暗中找了許多部屬，挖了一個深深的陷阱，以防悍悍控制不了老虎威威的時候，可以捕捉老虎威威，以免危害大家。

悍悍用香蕉、木瓜等食物餵老虎威威。老虎威威看來也很溫馴的樣子，並且讓悍悍騎著到各處去。

有一天，悍悍騎著老虎威威在樹林裡快跑，一不小心碰到樹枝而摔落地下，更不幸的是撞上大石頭，摔斷了腳，鮮血流了一地。

老虎威威停下來了，他聞到血腥的血後，精神一振，伸出舌頭去舔地上的血。舔了血後，眼睛突然露出凶光，注視著悍悍正流著血的腳，接著猛撲過去，咬下了悍悍的腳，「嘎滋嘎滋」的吃起來。

「唉喲」悍悍痛得大叫，趕忙連滾帶爬的爬上旁邊的樹上去。

老虎威威吃完了悍悍的腳後，好像吃不過癮，望著爬上樹的悍悍，發出凶猛的叫聲，接著往上跳，好像要再吃悍悍的另一隻腳。悍悍嚇得趕忙爬得更高些，以免被威威吃掉。

「老虎的獸性發了，大家快爬到樹上躲避！」聰聰聽到這悲慘的消息，趕忙發出警告，要大家注意安全。

老虎威威嘗過肉後，再也不吃香蕉、木瓜等素食。他整天不停的在樹林裡找尋小動物吃。爬不上樹的迷你豬、小羊、兔子等等寵物，陸陸續續的都被老虎威威吃掉了。

猴子們怕被吃掉，只好一直留在樹上，不敢到地面來；醫院裡的病患也移到樹上去。大家都害怕老虎，擔心被老虎吃掉。

「要除掉老虎的禍害，就要把老虎引到陷阱裡去。怎樣把老虎引到陷阱裡去呢？」聽聽一直想著這件事。

聽聽想到兩個方法：一個是在陷阱上空安置老虎愛吃的誘餌，例如從樹上垂下一隻綁著的公雞；一個是安排猴子當誘餌，慢慢的把老虎引到陷阱去。

聽聽覺得這兩種方法可以同時進行，就開始去做。

老虎威威每天都在猴子村巡邏，看看地上還有沒有小羊、兔子等動物可吃，但是他失望了，只好望著樹上的猴子，希望猴子掉下來當他的食物。

一天，他看到不遠處有一隻猴子在地上走，於是趕忙衝了過去要捕捉他。快要追到的時候，這隻猴子卻迅速的爬上樹去躲避。老虎威威捉不到樹上的猴子，咆哮幾聲只好離開。忽然他看見前面也有一隻猴子在

地上走，於是老虎馬上又衝向那一隻猴子。快要捉到的時候，那一隻猴子又迅速的跳上樹去。就這樣，老虎威威一直看到有猴子在他前面的地上走，他快追到的時候，猴子又爬到樹上去。不過，威威已經慢慢的到了陷阱處。

陷阱上的公雞看到老虎威威來了，嚇得「嘎嘎」的大叫。老虎威威一看到樹上垂下一隻綁著的公雞，趕忙衝上去要抓來吃。

「噗通！」老虎威威掉落到陷阱裡去，爬不出來了。

聰聰和一群猴子露出臉來了，大家看到老虎威威掉入陷阱，不會再危害大家後，都鬆了一口氣，高興得叫出「萬歲」的歡呼聲來。

除去了老虎威威的威脅後，聰聰下令猴民，不准再養老虎等猛獸當寵物。經過這一次的教訓後，猴子村的猴民，養寵物的風氣漸漸少了，大家又快快樂樂的過著以往的幸福生活。

# 又來大雨

解除了老虎威威的問題後，聽聽心裡只剩下山下兩隻腳走路的人類威脅。

「如果那些人發現我們猴子村是個樂園後，會不會也來霸占我們的家園呢？」聽聽常想著這個問題。

猴子村進入了七月的夏季，這個季節常有颱風來襲。聽聽想起去年八月八日的水災，就特別注意天氣的變化，要猴民提高警覺。

果然，七月底的時候，颱風又來了。狂風夾著「劈里啪啦」的大雨，使得森林陷入陰森、風大、雨大的困境裡。大雨連續下了三天，打落了不少水果，幸而山下氾濫的水，沒淹到猴子村來。

大雨停了，聽聽派偵查員四處察看災情。一位偵查員回來了。

「報告猴王，長尾猴以前住的家園，也就是被兩隻腳的人占據的地方，山坡崩落，發生土石流了。人們開墾的茶園、菜園，都沖毀了。」

聽聽聽了難過的說：「那邊大樹的根，本來可以牢牢的抓住山坡地的泥土，不讓它被大水沖走，但是現在大樹被砍掉，水直接沖垮泥土，才會發生土石流。請問那兒人民建的房子還在嗎？」

「房子倒了，連通向他們家的道路也不見了。」偵查員說。

「唉！不知住在那兒的人是否平安？不過，我想以後他們大概不會再來這兒開墾了。」聽聽說。

隔了些天，另一位偵查員回來報告說：「猴王，好消息，好消息！」

「你慢慢說，不要急。有什麼好消息呢？」

「我發現人們占據長尾猴家園的附近，立了一塊大石碑，上面寫著五個大字：『生態保護區』。下面附記幾個小字：『禁止任何人到這兒開墾、打獵。違者重罰。內政部啟。』」

「啊！那真是天大的好消息。我一直擔心我們的家園會被人類入侵，現在可以放心了。」聽聽高興的說。

生態保護區

# 選猴王

日子過得很快，聽聽擔任猴王已經屆滿一年。聽聽想起赫赫老猴王去年提起選任新猴王的事。

赫赫猴王要選一位年輕、能幹、公正的新猴王來領導大家。大力士問：「萬一我們推選的新猴王，並不精明、也不公正，怎麼辦？」赫赫猴王回答說：

「當他擔任一年後，如果大家覺得他不是理想的猴王，可以改選猴王啊！」

聽聽想到這兒就說：「我已經擔任一年的猴王了，我應該自動提出辭職，讓大家另選新猴王才對。」

聽聽發出開會通知單，要大家來改選新猴王。

聽聽請赫赫老猴王及有選舉權的猴民出席。

開會的時候，聽聽向大家說：「謝謝赫赫猴王的蒞臨，也謝謝各位猴民的出席。我擔任猴王的工作已經屆滿一年。這一年來，我雖然盡力去做，但是能力有限，總覺得做得不夠好。例如養寵物的事，差點讓大家受到老虎威威的禍害。現在請大家另推選年輕、能幹、公正的新猴王來領導大家。為了避嫌，我暫時離開大會場，請赫赫猴王主持大會。」

聽聽向赫赫猴王鞠躬，也向群眾鞠躬，然後離開大會場。

赫赫老猴王一上台，群眾紛紛叫著：

「擁護聽聽猴王。聽聽猴王讓我們有水果吃。」

「聽聽猴王關心我們的健康，指導我們練功，還為我們興建醫院。」

「聽聽猴王使我們避免跟長尾猴打仗。」

「聽聽猴王幫我們解決許多紛爭。」

「聽聽猴王是一位有遠見、有能力、公正的猴王。我們請聽聽猴王再領導我們。」

「擁護聽聽猴王繼續擔任猴王！」

來開會的猴民，你一言我一語，紛紛發出這樣的心聲。

赫赫老猴王打出要大家安靜的手勢後，大眾的聲音才安靜下來。

赫赫猴王說：「謝謝聽聽猴王一年來為我們工作的辛苦。剛才有好多位猴民提出意見，但是，我們還是要用投票的方式來決定。贊成聽聽猴王通過一年試用，請他再擔任三年猴王職務的請舉手。」

「嘩」一聲，幾乎全部出席的猴民都舉手。

赫赫猴王接著說：「不贊成的請舉手。」

沒有一位舉手。

「表決結果，聽聽猴王受到大家的信任，我們請他再擔任三年，做完一任四年的猴王。」

赫赫猴王說完，群眾的掌聲震動了森林。好多猴民跑去找聽聽猴王，找到後把他抬回來，並舉得高高的接受大家的掌聲和歡呼聲。

「謝謝各位的愛戴。未來的三年，我會盡力為我們猴子村服務。」聽聽向大眾致謝。

聽聽就在大家的歡呼聲中，繼續擔任猴王。

國家圖書館出版品預行編目資料

新猴王／陳正治作；蔡嘉驊繪圖. --初版．--台北市：
幼獅，2012.05
面；　公分. --（多寶槅；191）

ISBN 978-957-574-869-2（平裝）

859.6　　101004224

・多寶槅191・文藝抽屜

# 新猴王

作　　者＝陳正治
繪　　圖＝蔡嘉驊
出 版 者＝幼獅文化事業股份有限公司
發 行 人＝李鍾桂
總 經 理＝廖翰聲
總 編 輯＝劉淑華
主　　編＝林泊瑜
編　　輯＝周雅娣
美術編輯＝游巧鈴
總 公 司＝10045台北市重慶南路1段66-1號3樓
電　　話＝(02)2311-2832
傳　　真＝(02)2311-5368
郵政劃撥＝00033368

門市
・松江展示中心：10422台北市松江路219號
電話：(02)2502-5858轉734　傳真：(02)2503-6601
・苗栗育達店：36143苗栗縣造橋鄉談文村學府路168號（育達商業科技大學內）
電話：(037)652-191　傳真：(037)652-251

印　刷＝祥新印刷股份有限公司
定　價＝260元
港　幣＝87元
初　版＝2012.05
書　號＝984151

幼獅樂讀網
http://www.youth.com.tw
e-mail:customer@youth.com.tw

行政院新聞局核准登記證局版台業字第0143號

幼獅文化公司／讀者服務卡／

感謝您購買幼獅公司出版的好書！
為提升服務品質與出版更優質的圖書，敬請撥冗填寫後（免貼郵票）擲寄本公司，或傳真（傳真電話02-23115368），我們將參考您的意見、分享您的觀點，出版更多的好書。並不定期提供您相關書訊、活動、特惠專案等。謝謝！

**基本資料**

姓名：__________先生／小姐

婚姻狀況：□已婚 □未婚　職業：□學生 □公教 □上班族 □家管 □其他

出生：民國__________年__________月__________日

電話：（公）__________（宅）__________（手機）__________

e-mail：__________

聯絡地址：__________

1.您所購買的書名：**新猴王**

2.您通常以何種方式購書?：□1.書店買書 □2.網路購書 □3.傳真訂購 □4.郵局劃撥
（可複選）□5.幼獅門市 □6.團體訂購 □7.其他

3.您是否曾買過幼獅其他出版品：□是，□1.圖書 □2.幼獅文藝 □3.幼獅少年
□否

4.您從何處得知本書訊息：□1.師長介紹 □2.朋友介紹 □3.幼獅少年雜誌
（可複選）□4.幼獅文藝雜誌 □5.報章雜誌書評介紹__________報
□6.DM傳單、海報 □7.書店 □8.廣播(　　　　)
□9.電子報、edm □10.其他__________

5.您喜歡本書的原因：□1.作者 □2.書名 □3.內容 □4.封面設計 □5.其他

6.您不喜歡本書的原因：□1.作者 □2.書名 □3.內容 □4.封面設計 □5.其他

7.您希望得知的出版訊息：□1.青少年讀物 □2.兒童讀物 □3.親子叢書
□4.教師充電系列 □5.其他

8.您覺得本書的價格：□1.偏高 □2.合理 □3.偏低

9.讀完本書後您覺得：□1.很有收穫 □2.有收穫 □3.收穫不多 □4.沒收穫

10.敬請推薦親友，共同加入我們的閱讀計畫，我們將適時寄送相關書訊，以豐富書香與心靈的空間：

(1)姓名__________e-mail__________電話__________

(2)姓名__________e-mail__________電話__________

(3)姓名__________e-mail__________電話__________

11.您對本書或本公司的建議：

10045 台北市重慶南路一段66-1號3樓

幼獅文化事業股份有限公司

請沿虛線對折寄回

客服專線：02-23112832分機208　傳真：02-23115368

e-mail：customer@youth.com.tw

幼獅樂讀網http：//www.youth.com.tw